Robert Leighton

Scotch Words

The Bapteesement O' the Bairn and Other Poems

Robert Leighton

Scotch Words
The Bapteesement O' the Bairn and Other Poems

ISBN/EAN: 9783337408794

Printed in Europe, USA, Canada, Australia, Japan

Cover: Foto ©Andreas Hilbeck / pixelio.de

More available books at **www.hansebooks.com**

THE

BAPTEESEMENT O' THE BAIRN,

AND OTHER POEMS.

BY

ROBERT LEIGHTON.

NEW YORK:

GEORGE ROUTLEDGE & SONS,

416 BROOME STREET.

1873.

Editorial Prefatory Note.

Of the following humorous Poems, the first was delivered by the Author at an English social gathering, in lieu of a speech, and by way of enhancing the general entertainment. The second was written with a view to the Penny Readings now so popular throughout the country. Both have been so enthusiastically received at these meetings for the people, wherever they have been delivered, that their publication in a convenient form seems a matter of course. The stories in both have, as paragraphs, gone the round of the newspapers. But there they were mere skeletons. Here they will be found in full organic development and dramatic vitality. The very general quotation of " Scotch Words " by both the American and the British press, is sufficient evidence of its quality. Of the " Bapteesement o' the Bairn," an admirer takes leave to say — what the Author himself never would say, nor, haply (if he could help it), allow here to be said—that nothing in the form of Scottish satirical humour more genuinely graphic and characteristic has appeared since the days of Burns.

Scotch Words.

———•———

They speak in riddles north beyond the Tweed.
The plain, pure English they can deftly read;
Yet when without the book they come to speak,
Their lingo seems half English and half Greek.

Their jaws are *chafts ;* their hands, when closed, are
     neives ;
Their bread's not cut in slices, but in *sheives ;*
Their armpits are their *oxters ;* palms are *luifs ;*
Their men are *chields ;* their timid fools are *cuiffs ;*
Their lads are *callants*, and their women *kimmers ;*
Good lasses *denty queans*, and bad ones *limmers.*
They *thole* when they endure, *scart* when they scratch ;
And when they give a sample it's a *swatch.*
Scolding is *flytin'*, and a long palaver
Is nothing but a *blether* or a *haver.*

This room they call the *butt*, and that the *ben;*
And what they do not know they *dinna ken.*
On keen cold days they say the wind *blaws snell.*
And when they wipe their nose they *dicht* their
    byke;
And they have words that Johnson could not spell,
As *umph'm*, which means—anything you like :
While some, though purely English, and well known,
Have yet a Scottish meaning of their own :—
To *prig's* to plead, beat down a thing in cost ;
To *caff''s* to purchase, and a cough's a *host;*
To *crack* is to converse ; the *lift's* the sky ;
And *bairns* are said to *greet* when children cry.
When lost, folk never ask the way they want—
They *speir* the *gate;* and when they yawn they *gaunt.*
Beetle with them is *clock;* a flame's a *lowe;*
Their straw is *strae;* chaff *cauff*, and hollow *howe;*
A *pickle* means a few ; *muckle* is big ;
And a piece of crockeryware is called a *pig.*

   Speaking of pigs—when Lady Delacour
Was on her celebrated Scottish tour,
One night she made her quarters at the " Crown,"
The head inn of a well-known county town.

The chambermaid, on lighting her to bed,
Before withdrawing, curtsied low, and said—

"This nicht is cauld, my leddy, wad ye please,
To hae a pig i' the bed to warm your taes?"

"A pig in bed to tease! What's that you say?
You are impertinent—away, away!"

"Me impudent! no, mem—I meant nae harm,
But just the greybeard pig to keep ye warm."

"Insolent hussy, to confront me so!
This very instant shall your mistress know.
The bell—there's none, of course—go, send her here."

"My mistress, mem, I dinna need to fear;
In sooth, it was hersel' that bade me speir.
Nae insult, mem; we thocht ye wad be gled,
On this cauld nicht, to hae a pig i' the bed."

"Stay, girl; your words are strangely out of place,
And yet I see no insult in your face.
Is it a custom in your country, then,
For ladies to have pigs in bed wi' them?"

" Oh, quite a custom wi' the gentles, mem—
Wi' gentle ladies, ay, and gentle men ;
And, troth, if single, they wad sairly miss
Their het pig on a cauldrif nicht like this."

" I've seen strange countries—but this surely beats
Their rudest makeshift for a warming-pan.
Suppose, my girl, I should adopt your plan,
You would not put the pig between the sheets ? "

" Surely, my leddy, and nae itherwhere :
Please, mem, ye'll find it do the maist guid there."

" Fie, fie, 'twould dirty them, and if I keep
In fear of that, you know, I shall not sleep."

" Ye'll sleep far better, mem.   Tak my advice ;
The nicht blaws snell—the sheets are cauld as ice ;
I'll fetch ye up a fine, warm, cozy pig ;
I'll mak' ye sae comfortable and trig,
Wi' coortains, blankets, every kind o' hap,
And warrant ye to sleep as soond's a tap.
As for the fylin' o' the sheets—dear me,
The pig's as clean outside as pig can be.

A weel-closed mooth's eneuch for ither folk,
But if ye like, I'll put it in a poke."

" But, Effie—that's your name, I think you said—
Do you yourself, now, take a pig to bed ?"

" Eh ! na, mem, pigs are only for the great,
Wha lie on feather beds, and sit up late.
Feathers and pigs are no for puir riff-raff—
Me and my neiber lassie lies on cauff."

" What's that—a calf ! If I your sense can gather,
You and the other lassie sleep together—
Two in a bed, and with the calf between :
That, I suppose, my girl, is what you mean ?"

" Na, na, my leddy—'od ye're jokin' noo—
We sleep thegither, that is very true—
But nocht between us : wi' our claes all aff,
Except our sarks, we lie _upon_ the cauff."

" Well, well, my girl ! I am surprised to hear
That we of English habits live so near

Such barbarous customs.—Effie, you may go:
As for the pig, I thank you, but—no, no—
Ha, ha! good night—excuse me if I laugh—
I'd rather be without both pig and calf."

On the return of Lady Delacour,
She wrote a book about her northern tour,
Wherein the facts are graphically told,
That Scottish gentlefolks, when nights are cold,
Take into bed fat pigs to keep them warm ;
While common folk, who share their beds in halves—
Denied the richer comforts of the farm—
Can only warm their sheets with lean, cheap calves.

The Bapteesement o' the Bairn.

Od, Andra, man ! I doot ye may be wrang
To keep the bairn's bapteesement aff sae lang.
Supposin' the fivver, or some quick mischance,
Or even the kinkhost, whup it aff at once
To fire and brimstane, in the black domains
Of unbelievers and unchristen'd weans—
I'm sure ye never could forgie yoursel',
Or cock your head in Heaven, wi' it in hell.

Weesht, Meggie, weesht ! name not the wicked
place,
I ken I'm wrang, but Heaven will grant us grace.
I havena been unmindfu' o' the bairn,
Na, thocht on't till my bowels begin to yearn.
But, woman, to my sorrow, I have found
Our minister is anything but sound ;

I'd sooner break the half o' the commands
Than trust a bairn's bapteesement in his hands.
I wadna say our minister's depraved ;
In fact, in all respects he's weel behaved :
He veesits the haill pairish, rich and puir ;
A worthier man, in warldly ways, I'm sure
We couldna hae ; but, och ! wae's me, wae's me !
In doctrine points his head is all agley.
Wi' him there's no Elect—all are the same ;
An honest heart, and conduct free frae blame,
He thinks mair likely, in the hour o' death,
To comfort ane than a' your Bible faith :
And e'en the Atonement, woman, he lichtlies so,
It's doubtfu' whether he believes't or no !
Redemption, too, he almost sets aside,
He leaves us hopeless, wandering far and wide,
And whether saved or damn'd we canna tell,
For every man must e'en redeem himsel' !
Then on the Resurrection he's clean wrang ;
" Wherefore," says he, " lie in your graves sae lang ?
The speerit is the man, and it ascends
The very instant that your breathing ends ;
The body's buried, and will rise nae mair,
Though a' the horns in Heaven should rowt and rair."

Sometimes he'll glint at Robbie Burns's deil,
As if he were a decent kind o' chiel ;
But to the doonricht Satan o' the Word,
Wae's me ! he disna pay the least regard.
And Hell he treats sae brief and counts sae sma'
That it amounts to nae sic place ava.
O dear, to think our prayers and holy chaunts,
And all the self-denyings of us saunts,
Are not to be repaid by the delight
Of hearing from that region black as night,
The yelling, gnashing, and despairing cry
Of wretches that in fire and brimstane lie !
'Twill never do, guidwife ; this daft divine
Shall ne'er lay hands on bairn o' yours and mine.

Ye're richt, guidman, rather than hands like his
Bapteese the bairn, we'll keep it as it is—
For aye an outlin' wi' its kith and kin—
A hottentot, a heathen steep'd in sin !

Sin, did ye say, guidwife ? ay, there again
Our minister's the erringest of men.
Original sin he almost lauchs to scorn,
And says the purest thing's a babe new born,

Quite free from guile, corruption, guilt, and all
The curses of a veesionary fall—
Yes, " veesionary," was his very word !
Bapteese our bairn ! it's morally absurd !

Then, Andra, we'll just let the baptism be,
And pray to Heaven the bairn may never dee.
If Providence, for ends known to itsel',
Has ower us placed this darken'd infidel,
Let's trust that Providence will keep us richt,
And aiblins turn our present dark to licht.

Meggie, my woman, ye're baith richt and wrang :
Trust Providence, but dinna sit ower lang
In idle hope that Providence will bring
Licht to your feet, or ony ither thing.
The Lord helps them that strive as weel as trust,
While idle faith gets naething but a crust.
So says this heathen man—the only truth
We've ever gotten frae his graceless mooth.
Let's use the means, and Heaven will bless the end·
And, Meggie, this is what I now intend--
That you and I, the morn's morn, go forth
Bearing the bairn along unto the north,

Like favoured ones of old, until we find
A man of upricht life, and godly mind,
Sound in the faith, matured in all his powers,
Fit to bapteese a weel-born bairn like ours.—
Now then, the parritch—flesh maun e'en be fed—
And I'll wale out a chapter;—syne to bed.

———————

Eh, but the mornin's grand! that mottled gray
Is certain promise o' a famous day.
But Meggie, lass, you're gettin' tired, I doot;
Gie me the bairn; we'll tak it time aboot.

I'm no that tired, and yet the road looks lang;
But Andra, man, whar do you mean to gang?

No very far; just north the road a wee,
To Leuchars manse; I'se warrant there we'll see
A very saunt—the Reverend Maister Whyte—
Most worthy to perform the sacred rite;
A man of holy zeal, sound as a bell,
In all things perfect as the Word itsel';
Strict in his goings out and comings in;
A man that knoweth not the taste of sin—
Except original. Yon's the manse. Wi' him

There's nae new readin's o' the text, nae whim
That veetiates the essentials of our creed,
But scriptural in thought, in word, and deed.—
Now let's walk up demurely to the door,
And gie a modest knock—one knock, no more,
Or else they'll think we're gentles.   Some ane's here.
Stand back a little, Meggie, and I'll speir
If Maister Whyte——Braw day, my lass! we came
To see if Mr. Whyte—

     He's no at hame!
But he'll be back sometime the nicht, belyve;
He started aff, I reckon, aboot five
This mornin', to the fishin'—

     Save us a'!
We're ower lang here—come, Meggie, come awa.
Let's shake the very dust frae aff our feet;
A fishin' minister! And so discreet
In all his ministrations! But he's young—
Maybe this shred of wickedness has clung
This lang aboot him, as a warning sign
That he should never touch your bairn and mine—
We'll just haud north to Forgan manse, and get
Auld Doctor Maule—in every way most fit—

To consecrate the wean. He's a Divine
Of auld experience, and stood high langsyne,
Ere we were born ; in doctrine clear and sound,
He'll no be at the fishin', I'll be bound.
Wae's me, to think the pious Maister Whyte
In catchin' troots should tak the least delight !

But, Andra, man, just hover for a blink,
He mayna be sae wicked as we think.
What do the Scriptures say ? There we are told
Andrew and Peter, James and John of old,
And others mentioned in the Holy Word,
Were fishermen—the chosen of the Lord.

I'm weel aware o' that, but ye forget,
That when the Apostles fished 'twas wi' the net.
They didna flee about like Hieland kerns,
Wi' hair lines, and lang wands whuppin' the burns;
No, no, they fished i' the lake o' Galilee,
A Bible loch, almost as big's the sea.
They had their cobles, too, wi' sails and oars,
And plied their usefu' trade beyond the shores.
Besides, though first their trade was catchin' fish—
An honest craft as ony ane could wish—

They gave it up when called upon, and then,
Though they were fishers still, it was o' men.
But this young Maister Whyte first got a call
To fish for men, and—oh, how sad his fall!—
The learned, pious, yet unworthy skoot
Neglects his sacred trust to catch a troot!
Now here comes Forgan manse amang the trees,
A cozie spot, weel skoogit frae the breeze.
We'll just walk ane by ane up to the door,
And knock and do the same's we did before.
The doctor's been a bachelor a' his life;
Ye'd almost tak the servant for his wife,
She's such command ower a' that's said and dune—
Hush! this maun be the cheepin' o' her shune.—
How do you do, mem? there's a bonnie day,
And like to keep sae. We've come a' the way
Frae Edenside to get this bairn bapteesed
By Doctor Maule, if you and he be pleased.

We've no objections; but the Doctor's gone
A-shootin': since the shootin' time cam' on
Ae minute frae the gun he's hardly been.

The Lord protect us! Was the like e'er seen?

A shootin' minister !   Think shame, auld wife !
Were he the only minister in Fife
He'd never lay a hand on bairn o' mine ;
Irreverent poachin', poother-an'-lead Divine !
Let's shake the dust frae aff our shune again ;
Come, Meggie, come awa ; I hardly ken
Which o' the twa's the warst ; but I wad say
The shootin' minister—he's auld and gray,
Gray in the service o' the kirk, and hence
Wi' age and service should hae gathered sense.
Now let's consider, as we stap alang :
Doon to the Waterside we needna gang :
I'm tauld the ministers preach naething there
But cauld morality—new-fangled ware
That draps all faith and trusts to warks alone,
That gangs skin-deep, but never cleaves the bone.
We'll just haud ower—for troth it's wearin' late—
By Pickletillim, and then west the gate
To auld Kilmeny—it slants hafflins hame,
Which, for the sake o' this toom, grumblin' wame,
I wish were nearer.   Hech ! to save my saul,
I never can get ower auld Doctor Maule !
It plainly cowes all things aneath the sun !
Whaur, Meggie, whaur's your Scripture for the gun ?

Od, Andra, as we've come alang the road
I've just been kirnin' through the Word o' God,
Baith auld and new, as far as I can mind,
But not the least iota can I find.
That maks the Doctor waur than Maister Whyte,
And on his ain auld head brings a' the wyte.

It does. The Word gives not the merest hint
O' guns, an' poother's never mentioned in't.
They had their bows and arrows, and their slings,
And implements o' war—auld-fashioned things,
I reckon—for the dingin' doon o' toons,
And spears, and swords, and clubs for crackin' croons;
But as for guns and shot, puir hares to kill,
There's nae authority, look whaur ye will—
Losh, see! the sun's gaen red, and looks askance;
The gloamin' fa's; but here's Kilmeny manse.

Hark, Andra! is that music that we hear,
Louder an' louder, as we're drawin' near?
It's naething else! I'se wager my new goon
The minister's frae hame, and some wild loon
Comes fiddlin' to the lasses. O, the jads!
The minister's awa—they've in their lads,

And turned the very manse into a barn,
Fiddlin' and dancin'—drinkin' too, I'se warran' !

Tod, Meggie, but ye're richt ; I fear ye're richt ;
And here's gray gloamin' sinkin' into nicht,
While we're as near our errand's end as whan
This mornin' wi' the sunrise we began.
We'll e'en gang roond upon the kitchen door,
And catch the ill-bred herpies at their splore !
Hush ! saftly : 'od, I dinna hear their feet,
And yet the fiddle lilts fu' deft and sweet.
It's no the little squeakin' fiddle, though ;
But ane that bums dowff in its wame and low.
They hear us speakin'—here's the lassie comin '.—
The minister's frae hame, I hear, my woman ?

The minister frae hame ! he's nae sic thing ;
He's ben the hoose there, playin' himsel' a spring.

The minister a fiddler ! sinfu' shame !
I'd sooner far that he had been frae hame.
Though he should live as lang's Methusalem,
I'll never bring anither bairn to him ;
Nor will he get the ane we've brocht ; na, na ;

Come, Meggie, tak' the bairn and come awa ;
I wadna let him look upon its face :
Young woman, you're in danger ; leave this place !
Hear how the sinner rasps the rosiny strings,
And nocht but reels and ither warldly springs !
Let's shake the dust ance mair frae aff our shune,
And leave the pagan to his wicked tune.

But, Andra, let's consider : it's sae late,
We canna now gang ony ither gate,
And as we're here we'll better just haud back
And get the bairn bapteesed.   What does it mak'
Altho' he scrapes a fiddle now and then ?
King David was preferred above all men,
And yet 'twas known he played upon the harp ;
And stringèd instruments, baith flat and sharp,
Are mentioned many a time in Holy Writ.
I dinna think it signifees a bit—
The more especially since, as we hear,
It's no the little thing sae screech and skeer
That drunken fiddlers play in barns and booths,
But the big gaucy fiddle that sae soothes
The speerit into holiness and calm,
That e'en some kirks hae thocht it mends the psalm.

'Tempt not the man, O woman! Meggie, I say—
Get thee behind us, Satan!—come away!
For he, the Evil One, has aye a sicht
Of arguments, to turn wrang into richt.
He's crammed wi' pleasant reasons that assail
Weak woman first, and maistly aye prevail;
Then she, of course, must try her wiles on man,
As Eve on Adam did. Thus sin began,
And thus goes on, I fear, unto this day,
In spite of a' the kirks can do or say.
And what can we expect but sin and woe,
When manses are the hotbeds where they grow?
I grieve for puir Kilmeny, and I grieve
For Leuchars and for Forgan—yea, believe
For Sodom and Gomorrah there will be
A better chance than ony o' the three,
Especially Kilmeny. I maintain—
For a' your reasons, sacred and profane,
The minister that plays the fiddle's waur
Than either o' the ither twa, by far.
And yet, weak woman, ye wad e'en return
And get this fiddler to bapteese our bairn!
Na, na; we'll tak the bairn to whence it came,
And get our ain brave minister at hame.

Altho' he may be wrang on mony a point,
And his salvation scheme sair out o' joint,
He lays it doon without the slightest fear,
And wins the heart because he's so sincere.
And he's a man that disna need to care
Wha looks into his life ; there's naething there,
Nae sin, nae slip of either hand or tongue
That ane can tak and say, " Thou doest wrong."
His theologic veesion may be skew'd ;
But, though the broken cistern he has hew'd
May let the water through it like a riddle,
He neither fishes, shoots, nor plays the fiddle.

The Laddie's Lamentation on the Loss of his Whittle.

My Whittle's lost! Yet, I dinna ken:
Lat's ripe—lat's ripe my pouch again.
Na! I ha'e turn'd ower a' that's in'd,
But ne'er a Whittle can I find:—
A bit cauk, and a bit red keel—
The clamp I twisted aff my heel—
A bit auld shoe, to mak' a sling—
A peerie, and a peerie-string—
The big auld button that I faund
When crossin' through the fallow land—
A bit lead, and a pickle thrums—
And, last of a', some ait-cake crumbs.

Yet aye I turn them o'er and o'er,
Thinkin' I'd been mista'en before;
And aye my hand, wi' instinctive ettle,
Gangs to my pouch to seek my Whittle.

I doot it's lost!—how, whar, and whan,
Is mair than I can understan' :—
Whether it jamp out o' my pouch
That time I loupit ower the ditch,—
Or whether I didna tak' it up
When I cut a handle for my whup,—
Or put it in at the wrang slit,
And it fell through, doon at my fit.
But mony a gate I've been since then,
Ower hill and hallow, muir and fen,—
Outside, inside, butt and ben :
I doot I'll never see'd again !

Made o' the very best o' metal,
I thocht richt muckle o' my Whittle !
It aye cam' in to be o' use,
Whether out-by or in the hoose,—
For slicin' neeps, or whangs o' cheese,
Or cuttin' out my name on trees ;
To whyte a stick, or cut a string,
To mak' windmills, or onything—
Wi' *it*, I was richt whare'er I gaed,
And a' was wrang when I didna hae'd.

I ken na how I'll do withoot it;
And, faith, I'm michty ill aboot it!
I micht as weel live wantin' vittle
As try to live withoot my Whittle.

Yon birkies scamperin' doon the road,—
I'd like to join the joysome crowd;
The very air rings wi' their daffin',
Their rollickin', hallooin', laughin'!
Flee on, my lads, I'll bide my lane;
My heart hings heavy as a stane;
My feet seem tied to ane anither;
I'm clean dung doited a' thegither.
Hear, how they rant, and roar, and rattle!
Like me, they hinna lost a Whittle.

It was the only thing o' worth
That I could ca' my ain on earth:
And aft I wad admeerin' stand,
Haudin' the Whittle in my hand;
Breathin' upon its sheenin' blade,
To see how quick the breath wad fade;
And weel I kent it wad reveal
The blade to be o' richt guid steel.

Puir Whittle ! whar will *ye* be now ?
In wood ? on lea ? on hill ? in howe ?
Lyin' a' cover'd ower wi' grass ?
Or sinkin' doon in some morass ?
Or may ye be already fund,
And in some ither body's hand ?
Or will ye lie till, ruisted o'er,
Ye look like dug-up dirks of yore ?—
When we're a' dead, and sound eneuch,
Ye may be turn'd up by the pleuch !
Or fund i' the middle o' a peat,
And sent to Edinbruch in state !
There to be shown—a wondrous sicht—
The Jocteleg o' Wallace Wicht !

Thus, a' the comfort I can bring
Frae thee, thou lost, lamented thing !
Is to believe that, on a board,
Wi' broken spear, and dirk, and sword,
And shield, and helm, and ancient kettle,
May some day lie my ruisty Whittle !

The Auld Wife's Lament for her Coo.

O, WAE's my heart, puir Doddie's dead !
A better coo ne'er crapt the mead ;
'Twas a' by her I wan my bread—
  O the worthy beastie !

She baited by the green road-side,
Or by the burnie's wimplin' tide ;
Wi' her I didna need to bide—
  O the trusty beastie !

Content wi' thrissle, girse, or thorn,
She wadna touch the mester's corn,
But luit it ripen and be shorn—
  O the thochtfu' beastie !

She never haikit like a hound,
But keepit aye on hamely ground,
And never needit to be bound—
  O the cannie beastie !

Nae horns had she, nor bell nor hawk,
But dark-broon sides and gowden back,
Her sonsie wame as white as cauk—
    O the bonnie beastie !

Her milk like yellow cream distill'd,
Three times a-day the cog she fill'd,
And but a wee while gaed she yell'd—
    O the usefu' beastie !

She was to me baith milk and bread,
But, wae's my heart, puir Doddie's dead,
And I may lay my weary head
    Doon aside my beastie !

John and Tibbie's Dispute.

———◆———

John Davison and Tibbie, his wife,
    Sat toastin' their taes ae nicht,
When something startit in the fluir,
    And blinkit by their sicht.

" Guidwife," quoth John, " did ye see that moose?
    Whar sorra was the cat ? "
" A moose ? "—" Ay, a moose."—" Na, na, Guidman,—
    It wasna a moose, 'twas a rat."

" Ow, ow, Guidwife, to think ye've been
    Sae lang aboot the hoose,
An' no to ken a moose frae a rat !
    You wasna a rat ! 'twas a moose."

" I've seen mair mice than you, Guidman—
    An' what think ye o' that ?

Sae haud your tongue an' say nae mair—
    I tell ye, it was a rat."

" *Me* haud my tongue for *you*, Guidwife !
    I'll be mester o' this hoose—
I saw't as plain as een could see't,
    An' I tell ye, it was a moose ! ' "

" If you're the mester o' the hoose,
    It's I'm the mistress o't ;
An' *I* ken best what's in the hoose—
    Sae I tell ye, it was a rat."

" Weel, weel, Guidwife, gae mak' the brose,
    An' ca' it what ye please."
So up she rose, and made the brose,
    While John sat toastin' his taes.

They supit, and supit, and supit the brose,
    And aye their lips play'd smack ;
They supit, and supit, and supit the brose,
    Till their lugs began to crack.

" Sic fules we were to fa' oot, Guidwife,
    Aboot a moose "—" A what !

It's a lee ye tell, an' I say again
　　It wasna a moose, 'twas a rat !"

" Wad ye ca' me a leear to my very face ?
　　My faith, but ye craw croose !
I tell ye, Tib, I never will bear 't—
　　'Twas a moose !"—" 'Twas a rat !"—" 'Twas a
　　moose !"

Wi' her spoon she strack him ower the pow—
　　" Ye dour auld doit, tak' that—
Gae to your bed, ye canker'd sumph—
　　'Twas a rat !"—" 'Twas a moose !"—" 'Twas a
　　rat !"

She sent the brose caup at his heels,
　　As he hirpled ben the hoose ;
Yet he shoved oot his head as he steekit the door,
　　And cried, " 'Twas a moose ! 'twas a moose !"

But, when the carle was fast asleep,
　　She paid him back for that,
And roar'd into his sleepin' lug,
　　" 'Twas a rat ! 'twas a rat ! 'twas a rat !"

The de'il be wi' me if I think
    It was a beast ava !—
Neist mornin', as she sweepit the fluir,
    She faund wee Johnnie's ba' !

Our Ain Auld Toon.

Our ain auld toon ! O, our ain auld toon !
There is magic in thy name, there is music in the soun' !
When I look upo' thy hallans that sae smeeky are and
   dun—
  When I look upo' thy spires, as they pierce into
    the air—
When I look upo' thy winnocks, as they glisten i' the
   sun—
  There comes a feeling ower me that I'm hardly fit
    to bear;
And the tear is in my e'e, for the day it has come
   roun'
When I maun turn my back upon our ain auld toon !

When I look at the auld steeple, and listen to its bell,
That seems an eldritch tale fu' dowie-like to tell ;

And when I look alang the clorty crookit streets,
   And see the artless bairnies, sae frolicksome, at
      play,—
There comes a thrill within me, and my heart wi'
   rapture beats,
   As I think upo' my bairnhood—a short-lived sunnie
      day ;—
For these were a' my haunts when I was a careless
   loon,
And never had a thocht to leave our ain auld toon.

But ah ! we've little skill in the workings o' the mind;
It is fickle at the best, and it changes like the wind;
The thochts, and the fancies, and the feelings o' the
   bairn
   Grow dim and fade awa' as years come ower the
      frame.
Our life is like a day, and in its sunnie morn
   Our wishes are content wi' the pleasures of our
      hame ;
But when the morning's past, and our life is near its
   noon,
We may tak' anither thocht, and leave our ain auld
   toon.

When I was a wee-bit laddie, and wanton'd ower the lea,
The singin' o' the birdie, or the bummin' o' the bee
Wad ha'e brocht a charm upon me, and fixed me to
    the spot,
    And there I'd stand entranced, wi' the tear into
        my e'e :
And then the torments o' the schule I easily forgot,—
    For the sylvan haunts o' woods and fields were
        sweeter far to me :
And aft on bonnie simmer days I'd like to play the
        troon ;
For the sun-glints seem'd to wile me frae our ain auld
        toon.

But, our ain auld toon, oh I couldna leave ye lang !
Just as far's yon birken wood, and nae farther wad I
        gang ;
Or whar yon bickerin' burnie gaes birlin' doon the
        brae,
    And clatters a' the day, as it seems to chase itsel' ;
Or westward by yon bonnie green at gloamin' wad
        I gae,
    When the wavelets come a-wooing to the beach,
        their love to tell ;

Or I'd sclammer up yon hill, and frae its tap look
    doon
Into the very heart of our ain auld toon.

But the day is come at last, e'en the very moment's
    near ;
And my friends are on the craig, and the boat is at
    the pier.
I try to hide the tear as it steals into my e'e,
    And I try to crush the sigh as it rises in my breast ;
But to see sae mony friends a' gather'd here for me,
    Brings waefu' notions ower me, and they winna bide
      at rest.
O my head is a' bambazed, and my heart is in a swoon—
I maun confess I'm wae to leave our ain auld toon !

I left it ance before, and laith I was to part ;
For youth's first smile o' love had begun to warm my
    heart ;
And though I left our ain auld toon, my heart was left
    behind ;
    And my thochts dwelt aye on ane, and I liked to lisp
      her name ;
And a' the lee-lang day, in love-sick grief I pined ;

And at midnicht's dreamy hour my sick heart socht
    its hame ;—
But my time was thrown awa', for I couldna settle doon
Till I wan back again to our ain auld toon.

O love, ye are a bonnie thing when ye are young and
    new;
Ye saften a' within us, and ye mak' us pure and true;
And *ye* flush'd ower my young heart sae bonnilie the
    while,
    Like a smile upo' the face of a bairn when asleep;
For like a smile ye gather'd, but ye faded like a smile!
    And I ken na why ye faded, since ye were sae pure
    and deep.—
Though my hour o' love was lang, yet it left me unco
    soon!
Now its *friendship* mak's me wae to leave our ain auld
    toon.

But the boat has left the pier, and she waddles ower
    the firth,
And our ain auld toon to me seems the bonniest spot
    on earth:

My friends seem dearer too, though to me they aye were
dear;
And the joys I've haen wi' them come again upo'
my mind:
How can I do but greet to see them on the pier,
As they daunder slowly up, and wave and look
behind?
And when I think on what I've dune, my heart it gi'es
a stoun'—
O, am I no a fule to leave our ain auld toon?

Now we maun leave the boat, for the water we ha'e
crost;
And amid the hurry-burry I seem as I were lost:
I dinna hear around me the traveller's reproach
On some unlucky chields that against his wish ha'e
ackit:
While I should see my luggage safely carried to the
coach,
I leav't to ony ane that may ha'e the will to
tak' it.
Nae guard, nae coachman do I see, nor hear the
trumpet's soun'—
My heart, my soul is centred in our ain auld toon!

I am mounted on the coach, high upo' the backmost
    seat;
And the crackin' o' the whup, and the gallopin' o' feet,
And the soundin' o' the horn, and the birrin' o' the
    wheels,
  Tend to alter for a while the tenor o' my mind.
We pass by mony a scene, but my heart nae interest
    feels;
  There's just ae scene that *I* care for, to a' the rest
    I'm blind;
And at ilk heicht upon the road, I rise and look aroun',
Just to get anither sicht of our ain auld toon!

But I shanna see't again, for we're past the hinmost
    heicht,
And e'en the very Law, it has nodded out o' sicht!
I look fu' lang and wistfully upo' yon cloud o' smoke
  That hovers ower the spot where the dear auld toon
    doth lie!
O my heart is grite and sair, and I feel as I wad choke!
  I wad greet, but wad be seen, and I fain wad hide
    the sigh!
But I canna keep it in, as I turn and sit me doon,
For I canna get ae blink of our ain auld toon!

Our ain auld toon ! O, our ain auld toon !

There is magic in the name, there is music in the soun' !

Though vanish'd from my sight, I can image it in
      thought,
  And live again the happy days that I have lived
      before;

And in my dreams by night I will seek the blessed spot,
  Though I should wake to sorrowing upon a foreign
      shore !

O the sun may cease to sheene, and the warld to rin
      roun';

But I never, never can forget our ain auld toon !

Auld John Broon.

Auld John Broon, he's a hunder near!
He says he'll be dead ere the tail o' the year;
But for twa or three years he has said the same,
And we ha'e him yet in our cosie hame—
A snug cottar hoose on the edge o' a muir,
Wi' a theekit ruif and an earthen fluir.

  In the big arm-chair, by the ingle-cheek,
He sits a' day amid the blue reek;
His auld broad bonnet upon his croon,
And twa-three white locks stragglin' doon:
His big auld shune that were made lang syne,
Ere his feet and knits began to crine;
His ribbit stockins o' a purple hue;
His cloutit knee-breeks, his auld coat o' blue,
Wi' buttons on't like the rising mune—
Gude sakes! that coat will ne'er gang dune!
The lee-lang day, and aye the auld seat,
Wi' his hands on his staff, and his staff 'tween his
        feet,

And his chin on his hand, and his head bent doon,
Sunk into himsel', sits Auld John Broon.

His words are few ; for he seems to care
But little for this warld and a' its gear :
It may be his mind is maist part awa'
To yon Heaven that will ere lang ha'e it a' :
But at times it comes back, wi' a beauteous glow,
And ower his auld features seems to flow,
Laving them like a limpid stream,
While youth comes ower him like a dream.
But it flushes awa', as it came, and then
He sinks back into himsel' again.
And while he'll fa' into a dozing sleep,
Now licht and flickery, and now deep, deep ;
Then he'll wauken and yawn, fu' aft and wide,
And shake his head slowly frae side to side,
And mutter strange things into himsel'
That to us hae neither head nor tail.
The bairns creep stealthily round his chair,
And look up wi' a wondersome air—
Wi' awe-struck e'e, and arch'd e'e-brou,
And staunin'-up hair, and gapin' mou'.—
He looks at them wi' a glitterin' e'e,
But you canna weel tell whether he can see.—

Though little he says, and does naething ava,
He is strangely felt by ane and a'.

Auld men and bairns are the gods of earth,
When ower auld or ower young to utter forth
The soul within them; for we feel
A presence that words could not reveal;
And they work mair deeply upon the heart
Than a learned man wi' a' his art:
A dottle auld carle, or a babbling wean,
Into the midst o' yon wise folk ta'en,
Wad absorb the thochts of every ane.
Had we een that could read, and heads that could
      learn,
We shud get deep lessons frae the auld man and bairn.

Auld John Broon, he sits at the fire;
Ye wad think he had nae ither desire,
But he's neither deaf nor blind outricht,
When on his dull hearin', or his dim sicht,
The voices and glances o' Nature alicht.
On simmer days, when we are a' gane
To the field, and he sits dozing alane—
Wi' nane but the lassie to mind the pat,
Tak' care o' the bairns, or the like o' that—

A sun-glint bursts through the winnock-pane,
And fa's ower his feet, and on the hearth-stane;
It warms his heart, and he lifts his een,
That glitter as he looks up to the sunsheen:
And he harks! for the laverock's notes on high
Come doon like rain-draps fresh frae the sky;
And he hears the croak o' the passing craw,
Now harsh, now fading far awa';
And the clamour o' sparrows comes to his ear;
The keckle o' the hens, and chanticleer,
Flappin' his wings and crawin' sae shrill,
That he startles the gray rocks, asleep on the hill.
Ilk thing bursts out into joyousness—
Wha could bide in the hoose on a day like this?—
E'en restless grows the auld man there,
And he langs to get out into the sweet air:
Then wi' his staff and the lassie thegither,
He reaches the door, leanin' on her shuither.
Ayont the door-cheek is a stane bench, where
She lats him cannily doon wi' care.

Bathed in sunsheen and balmy air,
He seems to enjoy the green earth ance mair,
Wakenin' frae out o' his aged swoon,

Maist thinkin' himsel' to be *young* John Broon!—
Were his limbs as they were wont to be,
He wad up and dance aboot wi' glee :
His *will* loups up, but his banes keep him doon,
And tell him that he is *auld* John Broon!

Sweet day, ye ha'e dune what naething else can,—
Ye ha'e brought back the speerit o' this auld man.
But it comes and goes as the weather may be ;
He droops or looks up like the flower on the lea.
And ower his existence he has nae power—
He is guided by the hand that guides the flower.
Nae count, nae care, nae pain has he ;
He never was ill, and he never will be ;
And death will come saftly and close his e'e :—
Spirit slip up—body lie doon—
That will be the end of Auld John Broon.

www.ingramcontent.com/pod-product-compliance
Lightning Source LLC
Chambersburg PA
CBHW030909260626
47169CB00008B/2753